谨以此书献给我的祖父

36

第36届青春诗会诗丛

《诗刊》社编

# 东河西营

王二冬 著

长江出版传媒

长江文艺出版社

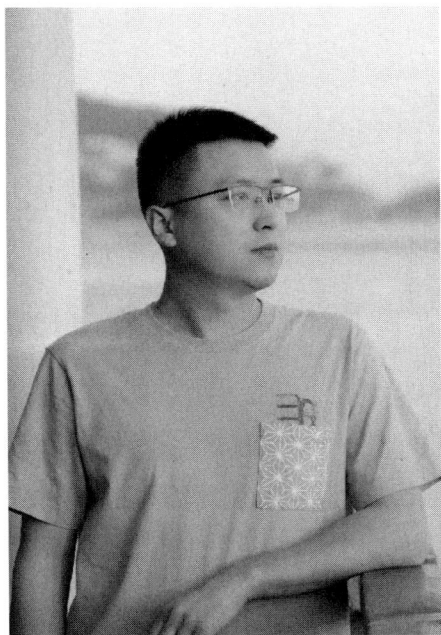

王二冬，1990年生于东河西营，山东无棣人。山东省作协诗歌创作委员会委员、张炜工作室学员，现居北京，系快递行业从业者。曾获第三届中国红高粱诗歌奖、"我向新中国献首诗"一等奖等。

# 目　录

## 第二辑　济水之南（2014—2018）

第一辑

# 凤栖于林（2010—2014）

# 方　言

灌满泥土的四肢
是方言一天天抚平发炎的丘陵和盆地
无处释放的张力，凝聚成夸张的喉结
蹿动在异乡的人群
我生来驼背，唯有方言挺得笔直
像一根旗杆高举着以"东河西营"命名的大旗
我就这样奔波在陌生、质疑和嘲讽里
用方言购物，用方言打车，用方言找工作
用方言交流；用方言跟一个
说着相同方言的姑娘谈恋爱
用方言买房子，用方言结婚
生下一对说方言的土儿女……
当我老去，我希望亲人用方言为我送行
把我的小名刻上墓碑
让风来读却总也读不懂
然后，被一口方言狠狠地拽出骨头
斜插在生养我的土地

# 二手自行车

一辆旧货市场上最贵的
二手自行车，载我奔向二手的远方
在他乡初次见面时，我喜欢
吸二手烟，那些被废话过滤的尾气中
有二手的苏格拉底和萨特

被理想抛弃的青春是二手的
未来的日子也会越来越廉价
前轮压过的道路是二手的
蚂蚁在上面搬过无数次家
我们租住的房子更是二手的
连吹牛都会被李白笑话

床前从未有月光，风吹过
低头的我们时，东河西营的屏保
容易被外省口音划破
麦芒长成我们的睫毛，那些
把我们养大的麦粒中含有二手的雨水
因此人生也是二手的
从身体里抽出的另一个身体叫作影子
孩童的视野中神会形影不离

# 炉 火

温暖一个冬天，需要几十年长成的
骨骼。从白雪中挖出，灰且暗淡
和着眼角仅剩的水分，跃入炉膛
燃烧吧，以苹果或麦子的形状舞蹈
只有这样，我才不会过分失落
父辈们苍老的脸庞才会得到片刻喜悦
像秧苗从砖瓦缝中露出脑袋
像九月的瓜果落到地面
像我掉下的一滴泪，刚好被春天接住
其实，终尽一生，也就是这样：
一个人可以没有熊熊大火
但至少有一丝温暖别人的火焰
而对于我，必须要有充满力量的手掌
能够托得起全部的灰烬

# 献　词

——给 J

光一点点变弱，以枯黄来诠释生活的血液
我们经历的平淡与如水年华里的涟漪
激荡着丢失睡眠的爱与恨
河流在夜里轻轻低诉，我们各自讲给
青草的心事，在季节离开时，一语道破
今夜，所有的诗句我只想写给你一个人
在蝴蝶还未飞远之前
挂上我从三年前摘来的词语
叫你品尝是否还新鲜
关于爱情，我简单地理解成了日子
被迫赶路的时光，回头时会不会嘲笑
我的一脸无知——爱情啊
我说你就是生命，我抬起头
以渐渐升起的光迎向你的泪水

# 那些躺在原野上的荒山

我无数次想到一棵树在北方的秋天倒下
没有落叶，也没有失落的心情
腐烂，就从第一场变凉的雨中开始
而后积累，在我走远的日子里长成暮色

下午六点开往七点的火车上
我看到八月落下，九月升高
那些躺在原野上的荒山在一层凉过一层的雨水中
像是孤独的老人，疾病从内部侵袭

他们在渐渐隐去的暮色中走进我的视线
如果摊开左手可以迎接
那我愿意同时摊开右手
去拥抱

# 呼　吸

初春的东河西营用几百亩麦苗呼吸
微风来到这里，也就到达了远方
一场雨，没能冲透老枣树的外衣
只有一次水往高处流的漫灌
才能从根部打通它们呼吸的器官

什么都没停止生长，去年被我一屁股
坐死的合包叶，又长成绿色隐隐
也许在我还未出生之前，这些植物
就以自己的方式生长着，会不会
祖辈、父辈的努力都是多余

其实，劳动就是乡亲们的呼吸方式
偶尔的徒劳不过是大喘了几口气
而对于聚集在公墓坟里的人
又憋了一个寒冷的冬天，一露头
便恨不得野草遮蔽了天地

# 冬天的菜园

苦瓜完成了祖父赋予它的使命
或许还顺便满足了邻家的小馋猫
就借着日月风雨和时光，扯断藤蔓
躲入地表之内，偷偷地回忆
或是说看着兀自静立的竹竿
搭伙过日子的竹竿
十二月的竹竿，二十四个骨节

二十四个骨节的竹竿，歪斜着
不会响起韶乐和主人的读书声
只有几辈人攒下的贫穷
让这被城市挤远的菜园借墙而生
或许偶尔有人拿着百十斤的烟斗歇息
却不曾见到有人乘凉和下棋
更多的是拔草、捉虫、施肥和叫卖
一毛两毛在唾沫星子间飞来飞去
讨价还价间，我看到苦瓜的全身都是泪珠结的疤
竖着长的疤，我看到一个女人的一生都泛着泪花

我的祖母就像那一棵爬满东墙和竹竿的苦瓜
也许是前世欠下的债，这辈子要一点点地来还

只是不知道，当了十几年教书匠的祖父
醉在酒里大半辈子的祖父
每天侍弄自己的菜园子时
是否会有一次想到两人磕磕绊绊的一生

# 今　晚

今晚，让我和时间一起坐着
看月光照在对面的墙上
映出月桂的形状，映出爱情的形状

随手翻翻床头的书，不在乎哪页
也不问作者是谁，认真地读
一字一字地读，一个笔画一个笔画地读

读她的心情，读春雨和春雨的故事
读今夜的静谧和屋子里的空气
读窗台植物的叶子，岁月不留下痕迹

然后，站起，像钟摆一样扭动身体
今晚，让我和清风穿过房间一样
穿过月光，穿过任何一个你

# 空中管制

在遥墙机场，飞机像一条
垂死的鲶鱼，搭在我的脖子上
我被飞机吞入胃中，是一只
无法挣脱安全带的鸟儿

此刻天朗气清，广播却说空中管制
我想，一定是越江过冬的鸟儿太多
占据南飞的航线

秋天渐渐越过黄河，我脱掉影子
答应了一枚叶子的邀约
从树梢到树根的飞翔是一场战争
跌落是形式，大地是结果
那些腐烂后被黑暗诅咒的夜晚
是全部内容，是无声的诉说

此刻我也保持沉默，在阿多尼斯的
花园中飞翔，孤独没有管制
波浪与堤岸互为监督者
异乡人的思念也没有管制
一只鸟的乡愁不小于一架飞机的乡愁

# 回家的路程

我站在刚写下的词语上眺望
弥补因双膝跪地减少的高度
我一直都在寻找回家的路
陌生的人告诉我，家和亲人就在那里

我也知道，他们说的那里是哪里
可是在逝去的二十年里，越走越远
我想借着今夜的月光和这首诗
推算一下回家的距离

十年前，从小学校到家不足一千米
四年前，从无棣到村庄大约三十里
而如今，从东昌府到县城四百多里
更多的日子，我迷失在遥远的路上

回家的路程，每天都在改变
当属于村庄的房子、土地消失时
我就无法说出地理意义上的数字
也许用不了十年，我就得这样描述：

回家的路程，等于父亲年迈的烟圈

到秋天的距离；也等于
母亲手中的针线到儿子脚步的距离
还等于第一个词到最后一个词的距离

写完这首诗，我仿佛看到了故乡
东河西营啊，我可以站在半包围的结构中
遥望你，可要我走进你的怀里不再远去
却得用尽我不算长的一辈子

# 还　原

把一杯水还原成一条河流
还在村东边流淌，浇灌五谷杂粮
把一朵花还原成一个春天
我愿意在春天之外，遥望东河西营不息的炊烟

我身上的疼痛就不用还给母亲了
死神已偷走她身体的大半
我当农民的命也不用还给父亲了
他唯一的心愿就是做十年城里人

如果一张纸也能还原成一棵大树的话
我从此不再写诗，写了的就烧掉吧
还藏在心里的，就对着奔向大海的河流说说

那些因纸还命的北方森林啊，无法长大的一棵
就赐给我吧，等我老去，就做一口棺材
连同那些诗稿的灰烬，一起埋进土里

# 可远观

一枚叶子轻轻地试探
可还是掩藏不了内心的急迫
——这秋风，这秋声
刚落地
成千上万的叶子拼了命地下坠
像吃了秤砣后，就等一声令下
连翅膀都来不及伸展
更别说交还骨头
刚睁眼，就落到地上

这样是变不成蝴蝶的
满园的叶子啊

# 风花雪月的事

那些浸入骨髓的虚妄总是在深夜
借一场春风的宁静、夏雨的滂沱
秋叶的洒脱和冬雪的轻盈
敲打我的心门，让我重新陷入悲伤
甚至是绝望。过去或未来，便如
潮水般袭来，生命的咸在日光下晾晒成盐
这就是命运的味道么？
我又怎能形容得出黎明到来前的无奈
而从未苏醒的爱情，仅在时间的缝隙中
留存着一生都承受不起的风花雪月
我又怎能告诉你一些秘密，叫你替我
分担一片雪花的重量，它那么轻
却足以在经过我们的睫毛时，汪洋成
一片大海，淹没誓言、真理，和每一个
想起你就疼痛不已的黎明、黄昏

# 生死阅读

村里的老人逐渐远去

沉默着聚在一起

再也不会聊起陈年往事

而活着的人热衷于谈论

谁又离开了尘世，埋进东河西营的土里

那是只生长野草的土壤

没人在上面种庄稼

公墓坟的草长得茂盛

可我总收起镰刀，快速穿过

渺无人烟的胸口

感到今生和来世都无比荒凉

无法言喻的孤独在肉体归于尘土后

借一棵草长成一粒泪水状的种子

一不小心就掉进某个人心里

无际的黑暗代替每一个绚烂的黄昏

那些锈在身体里的铁块纹丝不动

以此添加生命的重量

# 跟一只羊回家

爱上青草，就是爱上蓝天和白云
也就是爱上河流、山脉、飞鸟、雨水
和泥墙在时光中脱落的村庄

爱上青草的人，就是在夜里想家
想到泪流不止的人。天一亮
就抓住羊嘴里的第一口青草

像迷路的孩子抓住亲人的手
我就是那个抓住青草的孩子
出生后，还喝过羊的奶水

而如今她的乳房干瘪，下垂
再无法养育东河西营的一分子
甚至她体内的河流都将干涸

羊没有错，不过是需要一块草地
草地没有错，不过是想要一条河流
不过是春天返青，秋日枯黄……

在羊的身后，我越走越慢，仿佛看到

不远的村庄，和四蹄被抬上柏油路的羊群
我本已消肿的疼痛在羊的眼睛里一点点放大

# 秋天的蝴蝶八斤半

蝴蝶停止飞舞
疲倦的落叶，在黑泥变形的雨中
最后一次洗净棱角分明的骨头

那只在夜里失去记忆，偷窥我的
小狐狸——别让我看清你的指纹
在兰若寺无人问津的季节里
你用刚学会的变身术做游戏

八斤半的蝴蝶，洗净面庞
轻轻挥动少女脸形样的翅膀
透过那双含有月光的眼睛
我看到她的前世和来生

跟母亲对我讲述的一样
跟父亲一生的经历一样
一生流泪，火苗八斤半
一生打铁，铁锤八斤半

# 想起故乡的春天

三月的阳光是一种启示
花朵在少女铺开的脸上绽放
我咬破埋了一个冬季的种子壳
爬出地表，微启双唇，开始学习
一个年轻的诗人，为众兄弟朗诵诗歌
内容是隔河端坐的村庄
和北方七月饥饿的麦田
沉默的我，在众兄弟的目光中
是一颗最为绝望的麦子
抖落浑身的泪水，不再写下一个汉字

赶路的季节越跑越快
曾祖父母用一生才走完的十几亩地
它一瞬间就收割了全部岁月
于是一条艰难向上的路重新启程
那年我十八岁，父辈们已经在路上
这时，我总会想起故乡的春天
放牛的孩子跟童年一个颜色
蜀葵开得正旺，学习谱写歌词
在童谣里，我听到东河西营的故事
——父母的私奔就是从河流解冻时开始

# 东河西营

我从一粒尘埃中爬出，出走时带着半条卑微的命
每当月光清亮，我用人造的水洗净身上的泥土
心灵便会失去安宁，空空无依
这是骨子里渗出的泥水吧——源头在遥远的村庄
那里有我的亲人。我看到：瓦工高过院墙
木匠高过房梁；果树高过手掌，麦子高过镰刀
待嫁的姑娘高过刚收工的新郎。我就是他们洞房后
被烛光招引的儿子，一出生就睡在土里，和庄稼一起
　　成长
时光被泥土吸收，我知道了他们的名字：
祖父叫坡，祖母叫英；父亲叫新，母亲叫兰
还有一个远嫁的姑姑，叫玉
他们都喊我小儿或冬冬——我们都姓王
他们的身体灌满了铅一般的土，走不出巴掌大的地
我却要拖着泥泞的双脚，弯着腰背，走在离乡的路上
我知道，终有一天，我会穿过重重阻碍回到这里
像华盛顿回到弗吉尼亚的葡萄架下
这是我的村庄，活着，我的身份证上写着：
王冬，男，汉族，山东省无棣县东河西营村 45 号
死了，我就和我的亲人埋在一起。坟墓边有大河流过

# 返 回

放开额头上的皱纹，今夜
让我从鲁西返回，沿着徒骇
返回鲁北，返回东河西营
返回母亲的子宫，返回麦子的体内
去确认我出生的日期，具体到分秒
去丈量母亲肚子上的疤痕，单位是千米
这样我就可以知道一些问题的答案
比如河水流淌的速度
比如我不跟蚂蚱谈恋爱的原因
比如今夜的月色
比如我和故乡的距离

# 背　影

这样的早晨，我知道
我会遇到陌生的你
你不曾回头，你就一直
跟这条长满鲜花的小路一样
一样简单得美丽动人

你不曾回头，就只有背影
我就可以把你压在胸口
听到两个人的心跳
我就可以把我的心事当成你的
我就可以在你的身后
拥有整个世界

# 三月记

一封信挂在树枝上
没有风儿，兰花飘落
如淡淡笔墨迹从浓得化不开的
三月抽身，湿了一地
蚂蚁停止搬运，列队静默
以此提醒白鸽的不洁
小路从河边走来，轻声低叹——
滋润了春天的水，又把春天伤害

但风还是有的。三月的风还会很大
她会松开打结的手指
揉揉眼睛。我看到一汪春水
在她的眼里荡开，全世界的色彩荡开
三月，我决定起身
不再等待蛇的诱惑

# 小官庄

与一位农家姑娘陷入情网，在青草河边
度过夏夜，看村庄的街灯熄灭，叫来飞翔的灯笼
照着天长地久的梦，相拥入眠。这样的时光最好
乡村是唯一的真理，天堂就是由它们组成：
一条河穿过村庄，三分地是传宗接代的温床
十户人家血脉相连，所有的乡亲都是可信任的人
老来相伴的人走向夕阳，刚牵手的爱情披着晨光
都要微笑，都要珍惜，都想互相鼓励着
走过风雨。这样我就可以想象：百年之后
我们重又回到小官庄，她会学陈氏蝴蝶
轻轻把翅膀压低，说："官人，请——"
我则把腰身压得更低，说："娘子，先请——"
当我走远，我知道这一切不会发生
我们会被迫走入城市，为了狭窄的栖息之地
耗尽年华；我们还会吵架，如果有一天
大打出手，我会先给自己一巴掌
我们在土里扎了根的爱情，来到城市
会不会水土不服；灯红酒绿和车水马龙
是一瘸一拐的双脚，站不稳的
也许还有我在路上听过的山盟海誓
若是百年之后，我们仍然相识相知

再去找寻那块滋养了爱情的土地。我会这样忧伤
——那座高楼下曾有一条小河，河边有一棵大树
那片树荫下是我们相爱的地方

# 一粒纸屑无法承受一个字的重量

一粒纸屑绝对无法承受一个字的重量
当我得出上述结论，便开始担心这些年
写下的诗稿，这些纸终将腐烂
被时间掳走之前，我会把它们烧成灰烬：

一把撒在母亲生我的炕上
一把撒在养育我的大河里
若东河西营还是现在的样子
那就抓一把放在村口，风一吹
便落满盛放了我惦念一生的麦田

剩下最后一小把，就让我带走吧
请埋我的人谨记，千万不要
把骨灰跟诗的灰烬掺杂在一起
虽说我的一生把诗歌看得比生命重要
可行走在尘世的我远没有那些文字活得纯净

# 村庄睡去之前

在村庄睡去之前，我看到昨夜的
尘埃在风中飘飞，每一粒的过往
都不同，像我焯屋时，仅在南墙角
就看到黑白两队人马在厮杀
这样的世界，只有我一人看到
不是因为细心，我就是其中一部分
如同我可以看到芦苇在旱季
总是藏一肚子水——这不是秘密
是东河西营的某个细节，我的责任
就是保持清醒，在村庄睡去之前
大鸟一般停靠在最高的树上
看灯火逐一熄灭，倾听一村人的
磨牙声、呼吸声，若谁的梦话格外多
我会使劲扇动翅膀，让风弄痒他的鼻孔
那梦话并不伤人，却伤一颗庄稼的心

# 多异梦

落叶尚绿，踩上一脚还能流出汁液
雨后的北方午后，我总觉得它们像一只只
大鸟的翅膀，而我多次梦到其中一只
醒来后，月亮被太阳吞噬

我跟朋友讲述这一切，他听后
看我一眼，说："贵人多异梦啊。"
而关于死亡的秘密，我却守口如瓶

# 纸上河

整个冬季，村庄的大河止不住地咳嗽
东河西营的孩子光着脚丫
在干涸的河床上寻找自己的姓氏

祖父把家谱挂在泥墙上，用饺子、苹果上贡
酒被他喝进肚子里
我天天抄写家谱，却总也写不利索

整个冬季，河流都未结冰
祖父的酒度数太高
多次把我写诗的纸烧成灰烬

我想，这是不正确的，酒无法烧干
一条河，父亲不喝酒
那些给过我翅膀的大河却干涸了

醉酒的夜里，我梦到一条河在纸上流淌
雨季来临，河水冲毁了堤坝
从我的眼睛里流出

# 河流与炊烟

一条在大地上蜿蜒，滋润了庄稼、牛羊
待嫁的姑娘，也腐烂了零散分布的坟墓

一条垂直向上，通往门槛高过房梁的天堂
炊烟不过是河流的另一种形式
借着草木的性命和食色的诱惑抵达上帝的厨房

河流是我的双脚，流淌是日夜不息的奔跑
炊烟是我高举的臂膀，遮住强光、雨雪和逆吹的风

古稀之年的生活就是遥望：老家的河水流淌
我从一缕缕炊烟中看到鱼群、归鸟、苇草
和母亲想我时的样子

# 智齿记

深夜，上帝饮酒。微醺时
把下酒的骨头丢向人间
掉在我们口中，变成利刃

———序

1

"好吧，讲完这个故事
我一定保持沉默"

我看着窗外的另一个自己
睡意全无。想起过往的秋天和黄昏

这是唯一允许我靠近的季节
像母亲的子宫，包裹孤独和我

这是一个我的两面，一个属于白天
一个属于夜晚；像我的牙齿
一个咀嚼美食，一个咀嚼身体

我不得不说，生命的坍塌
从牙齿内部开始
像叶子的腐烂始于春天


2


去往墓地的路上，会经过苏家湾
东河西营一半的胃长在那里
我对粮食和土地心存敬畏
我也希望自己收缩锋芒
以柔软之躯去爱。但过去的二十年
想起陷粮食于不义的牙齿
我的恨便以荒滩的形式在舌苔上蔓延


我憎恨与牙齿有关的一切
比如牙龈、口腔、神经
以及神经错搭制造的疼痛
因此，作为疼痛的产物
与疼痛的制造者，我也憎恨自己
比如朗诵鲁迅时口吃的小学生
比如藏在课桌里发黄的情书
比如说着蹩脚普通话的罗锅腰
比如迟到的公交和工资
比如出租房里不息的争吵和抱怨

比如我刚写下的这行诗
和握笔的姿势


     3


必须承认，我是另一个我的敌人
甜蜜、寒冷和坚硬也是敌人
逆势而上的攀登者与滚石相遇
最后的交锋是口中含毒，碎石一地


我又一次梦到自己异化——
失败的舌尖把夜晚割伤
通往墓地的高速公路
在野草疯长的东河西营
一次次碾压麦芒上空的月亮


我想跟你坦白，这些年
我总是做同一个梦——
一只长脚的大鸟扑棱着翅膀
用吐火的眼睛盯着我
仿佛它一瞪眼就可以带走我的一生


     4


真的很短，每一秒都是余生

过去这些年，我像失魂的蝙蝠
总是在万念俱灰的夜里
习惯性地撞向墙壁
吓坏别人，也吓坏自己

没有谁能帮谁，更别谈拯救
若是尖针插入聪明的牙齿
必有小鬼跑出
必有前世的承诺与今生的谎言相见

被说破的《老子》《圣经》兀自沉默
唯有风从骨缝吹过
带走今夜摇摇欲坠的孤寂


　　5


布洛芬、甲硝唑、阿莫西林……
御林军下毒，跪倒在我的床前
今夜，我嘴角的玫瑰将次第绽放

我仿佛闻到那些娇艳的腥
从口中散开，透过窗子，飘在夜空
那些迷人的疼啊，伴随着泉水一起作响

顺口腔而下的子弹，喉咙处

遇十万残兵，爱情也发炎肿胀
不能亲吻，不能在花瓣中烧杀抢掠

没有欢乐时，我也会暂时忘记痛苦
忘记被大雨冲毁的庙宇
忘记天气预报：今夜大风

### 6

"敌人的敌人就是朋友"
风有时候也会把埕口的盐粒
吹成人世的样子和味道

哪一个面孔是我，哪一个面孔是他
在淡水称王前，我抠起最后一枚
苦咸，塞入命中

浪潮退尽后，嘴里浸泡的石头
开始洗净、晾晒、结晶，然后
隐藏起溃烂的部分，伪装成忠诚的门神

难道不是杀手吗？
必定有称兄道弟的牛栏山在告别后
变成猛虎或狐狸

因此，今夜忌外出
宜撒盐疗伤
宜赏月、凿木或磨刀


### 7


最锋利的那把挂在天上
最难拔除的那颗相距神经不过一毫米

千万之一的概率是牙龈成为深渊
万分之一的概率是舌头变成荒漠
十万分之一的概率是面部的半个世界
逐渐坍塌，河流变为臭水沟

其实，我最怕的是命中带来的东西
离开后也把我的命带走

它们不是弃儿，它们也粘连着
母亲的脐带、前世的末路穷途
它们死后也应该跟我睡在一起
在墓碑上拥有相同的名字


### 8


哦，上苍，谢谢你的偏爱

可我从来都不是什么聪明人
希望也不要给我聪明而误了此生

我只是你眼中另一种形式的小丑
战战兢兢地活着，怕口中的石头崩碎
异化成群山：山中没有鸟兽、溪水
和砍柴人的回唱

偶尔会做一个美梦，醒来后
渤海湾已在床单上稀释成内陆湖泊
那些聪明的石头变成小鱼或蛇
眨眼或唇语交谈，谋划下一场侵略

### 9

聪明者误了此生
生于黑暗，死于光明

可是我呢？咀嚼食物时
分明还有虫子在咀嚼我的身体

坍塌从那场大雪中就开始了
风一点点吹了进来

我告诫自己，再次经过苏家湾时

一定要多捡几块石头放在公墓坟

叫它们先在那里替我睡一觉
我不去，不准醒

第二辑

# 济水之南（2014—2018）

# 离乡偶书

听说一个人死了
才发现自己也没好好活
每次想到这些，他都会
把头埋进被窝的另一端
当我转身，门帘落下的一瞬
他趴在炕沿上开始呕吐
掉进灰烬的鲜血变成肺癌的颜色

逞强与卑微的一生啊
深爱蓝天与烈酒的一生啊
今年的桃花终究未能落满春天
风把一茬麦子吹熟
也把一茬人吹老
其实老去也是一种疾病
但愿他最终可以像忘记仇恨
一样忘记自己

没有什么不可以被原谅
没有什么不可以去赞美
教书时，把黑板扛到荒野
野兔在上弦的猎枪下

奔跑成书本上最后的墨迹

种瓜时，夏夜是一把蒲扇

和一只刺猬的江湖

风把半生坦荡吹散

贫穷和富贵是爬满七亩地的瓜秧

爱情时，村北的大河边

伤心女子的身影总在黄昏时升起

战争是一个人对另一个人说不完的情话


他还种过苜蓿，养过兔子

卖过豆腐，当兽医那几年

从他手下转世的家畜

多过东河西营现存的牲口

他的熟人不少，走南闯北的

铁匠、瓦工、货郎都乐意跟他攀谈


每次想到这些，他觉得这一辈子

好像也没白活，好不好，肯定还没活够

当我在异乡的梦中惊醒

一次次敲响东河西营的大门

看到自己在黑夜里走着他的路

# 旧　物

你走之后，所有事物都成了旧的
没穿的新衣，一把火就成了灰烬
没咽的饭菜，一炷香就成了祭品
就连新坟上的土也是旧的
这一次，你终于躺在了年轻时
长跪不起的地方，等待来世
来世，你或许会再次成为新的
我是等不到了，就算再见
我们也不会相识。在我的生命中
你是旧的永恒，吹过窗台的风
也会蒙上你渴望自由的灰尘
旧的窗棂，红漆刷得越多
时光脱落得越快，你走之后
我决定，爱过的就不再去爱了

# 大雪封山

大雪弥漫，路途遥远，行人
心如死灰，在来世与今生之间穿梭
我临窗而坐，捧一把雨水为酒
孤独是今夜熊熊燃烧的大火

喝吧，三碗之后，我用最后的骨头
把自己送往远方：比如青海，比如西藏
比如一次瓜棚里的震颤
比如一个动人的女人的乳房

经过东河西营时，我希望是黄昏
青色的蛇赶一头牛，低飞的蝙蝠撞到额头
掉进柴垛的大鸟重新飞起
淹死外村媳妇的老井依然哺育孩童

其实，人的一生做不了多少事情
唯一能记住的不过是一些突如其来的暗涌
一些温柔的荒凉。每个生命都有缺口和出口
我的命，只允许我一个人去可怜

# 月圆之夜

今夜的月亮太大，过于巨大的
就会危险，比如你此刻下坠的头颅
比如正在把自己烧成灰烬的炉火

我熄灭灯盏的一瞬，你试图
把整个东河西营盖在身上。你自语
唯有棉朵才可以温暖今夜的月亮

无数灯笼把往事照得陈旧
宿命的油漆把月光粉刷了七十二遍
你手中的体温计再难量出人世的温度

我还是低着头，替后羿写着射日的
申请书，那些无法藏匿的暗箭啊
在每一个离别的时辰射向你我

这是我们体内共同缺少的光亮
没有宝盒可以把我带回你的过去
也没有隧道可以把你带往我的未来

月圆之夜，除了往返的人醒着

还有你肺部的癌细胞
和上帝撒在我心中多余的盐分

# 秋日登华不注

荒野蒙尘，村庄被塔吊塞进口口相传
爬满石缝的酸枣，也将爬进
新迁的户口簿上，成为东河西营的表情

蜘蛛倒挂，大地是它眼中的天空
渣土车是一声声闷雷。心情愉悦时
济水偶尔会倒映成命中的银河

我在自我说服中继续攀登，任凭蚊虫
稀释多余的水分。众生平等
但人比它们活得可怜

我是幸运的，我始终没有喊出
那只蝴蝶的名字，合不拢嘴的小女孩
成为她们彼此眼中的自己，我呢
也没有人喊醒我，她们是我的梦

# 雨　夜

风扇转动三下，乌云紧跑
雨水就落过屋檐。而你还在犹豫
这一枪要怎么开，才不会惊扰刚躲进巢中的鸟儿

失去方向的这些天里，除了衣服发霉
仿佛连骨头缝都渗进了雨水
期盼决堤在月亮升起之前

穿过树叶，我只是紧盯着湖面
饥饿的鱼儿还未上钩，孤独这道大餐
一次次辜负找不到家的人

季节开始急迫，风把房门吹开
你踉跄一下，摔倒在下沉的地板
这一夜，万物和你哑作一团

鸟儿未惊动，鱼饵已经腐烂
我赤裸上身，轻声唤你，如船摇摆
把我给你，是唯一可以减轻你痛苦的方式

# 年　关

跟八月一起走远的是曾祖父
大道通往西南，棺木厚重如夕阳

九月升高，野草在大火中回家
瓜果不熟，深秋的村庄缺铁贫血

眼下年关将至，越来越多老人心脏坏掉
伤了一辈子的心，终在大雪中停止跳动

她还活着，耳聋，恨只恨眼神好使
为儿女成家立业低了一辈子的头
如今却要在儿女家中抬一次头吃一口饭

年关将至，家谱前铺的草越来越少
老伴已走十几年，房子在今秋坍塌
偏没砸里面——还得要过这一关

她不怕死，要怕的话就不会生养仨儿仨女
她也不怕成了鬼，一辈子没做亏心事
地狱的夜晚不会比现在黑

她是怕成了孤魂野鬼
进不了这个门，也爬不过那道墙
骨头还在一次次迁移中被饿狗叼走

# 在 K1183 列车上

出发地的河流没有流向我要去的大海
而目的地在海鸥的眼睛里变得矮小
成为铁路尽头一块发了霉的指甲盖

与匆忙的行李箱相比，我更喜欢背包客
而小站，不过是我不经意间划下的逗号
让在此停留的列车可以一瞥天空的蔚蓝

那不过是一个遥远的梦。而明天即将来临
列车像一只奔跑的猎狗，耷拉着舌头
越来越大的落日，一不小心就掉进它的嘴里

我的体内也盛下了夕阳的光。众多乘客中
我的名字像脱掉的外衣一样散落在地上
只有一张实名购买的车票证明我的合法性

这世界还算大方吧。给找寻身份的人
留下一个容身的位置。黑夜不断侵蚀
在 K1183 列车上，我不是唯一用泪水稀释黑夜的人

# 你在大海生长的地方

——给 J

不用怀疑，所有到达鼻孔的咸味

肯定都经过你的指尖

贝壳上刻着岁月的年轮

风中的四季，我的影子一次次被思念拉长

那些故意飞进我眼中的沙粒

被泪水溶化后化为村庄的土壤

其实这些我不说你也会懂得

因为你定义的果实

必须两个人浇灌才会成熟

你渴望着收获，一如我恒久地爱着你

当镜子里的我变得越来越模糊

请不要怀疑自己的眼睛

而你在大海生长的地方

永远是我生命中最牵挂的风景

# 庄稼的时光书

黎明前的夜是沉默的，会思考的虫子
在睁眼前已经醒来。麦子刚从胃里逃出
长成浅绿的嫩芽
扎在以"朱场"命名的田里
太阳还未升起，麦苗不会倾听
也就不知道近旁的大河，从南向北流淌
带有多少人的心声和不为人知的秘密

一株棉花的眼睛，先于心亮起
而后长出形状，看清远处的河流
从西向东流淌
天空有大雁飞过，消失于芦苇的枪声
似一个打鼾的流浪汉突然停止呼吸
我始终不忍听那柴火折断的声响
它们曾以花朵证明自己的纯洁
还把温暖给予寒冷的人世间

那些沉不住气的玉米，终于
摘下王冠和领带，在秋日的天空下
借一场南北风率先表达自己的立场
咬碎上百颗金黄的牙齿，砸在地上

留一根白色的骨头，在东河西营荒废的田野里
长成风烛残年的样子

它们老去时，我还是那棵麦子的年纪
只记得捉迷藏的一天，差点被大火烧死
村庄不说话，一条鱼使劲摇摆着尾巴
而今，东河西营的池塘都成了私人下水道
一场大雪从下落时开始哭泣
没有冰床的冬天，人们再也看不清
蓬头垢面的自己

# 阴 天

池塘被一根渐渐消失的光勒紧
水面再也倒映不出你徘徊于暗处的影子
除了发黄的登记簿，没有谁记得你生活于此
像一块石子停留于阳光发霉的地方
如果不是遇见故人，你更愿意把自己
比喻成一枚钉子，若是在月夜滑落
还可以染一身皎洁。可今天不行
今年也不行，好像已经很多年了
你从来没有见过月亮，也没有染一身皎洁
那些曾经是回忆，也好像是别人的故事
可你依然愿意把自己比喻成一枚钉子
拼命去打磨每一个生锈的夜晚
在侵袭越来越严重的暗处，你的无能为力
不再是一枚钉子的无能为力
你只有扎进尚且洁白的骨头
才使自己不会掉进血河里
而在故人面前，你不过是一滴泪
挣扎于要不要滂沱成一场大雨

# 那个化着淡妆的姑娘站在公交车上

现在的日子，我必须时常提醒自己
要按当初设想的样子活着：
读书，写诗，喝酒，说大话
然后爱上一个姑娘，陷入遥遥无期的思念
当我走远，必须时不时地拉自己一把
在隔壁撕破黑夜的喧嚣中，我的孤独
愈加寂静。是的，这些年的这些夜晚
我好像都是如此度过的，精神分裂
是我唯一可以预见的下场
可是，那些麦子依然在灰色的天空下
葱绿地生长着，即将失去童年的孩子啊
你们可会想到我，想到一个灰色天空下
忘记山野、忘记戈壁、忘记河流的异乡人
如今的我，挤在公交车上，跟那个
化着淡妆的姑娘一样：我们的身后
不是人群，而是浮生望不到尽头的苍茫

# 大纬二路

从北园大街到经八纬二，需要经过
十个路口，一条铁轨从头顶穿过
一次次把我带走

每天早晨骑车过天桥时
我总想写一首诗：情诗、乡土诗、怀亲诗
或仅仅几行字、几个词

我还会想到夜晚：刚醒来的和即将睡去的
怀抱在另一个怀抱里
把灵魂蜷缩，放不下的

就像没有方向的车来回穿行
疼痛处便是
不断向两侧撕扯的大纬二路

那些刀刃，和刀刃上舔血的舌头
那些石桥，和石桥下群鱼喊渴的一城春水
——这些都是暗自燃烧的火

若是一只猫该多好，我就不用

这么小心翼翼地活着
我就可以跳上任何一辆火车

而我只是一个短暂且乏味的秘密
不足以陪你一杯酒下肚
不足以逗一个等车的陌生女子发笑

# G472 过章丘站

海的气息已远，弥漫在心底的雾
在靠近村庄的夕阳中幻化成麦田的形状
我开始想你，倦鸟一般找不到树枝
秋天未到，多数叶子散落在赴宴的路上
你的山河啊，在我的头痛中分裂
不知道有没有一块与我同名同姓
在列车驶过站点时，可以陷入回忆
想起故人和过去。其实
我们都是自己的故人，想你就是想自己
恨你就成为自己的仇人
可乘客太多、旅程太短
我刚挤出人群，你就赶往下一站

# 更多的雨正从远方赶来

一场雨下到八月刚好两年
这期间，我体内的吊桥几次浸泡
如今残破不堪，像一艘
搁置在时光里的船，被遗忘在水面

一片叶子被雨水打落在地上
匆忙的行人把春天碾碎
我的疼便是第一百零一只下坠的鸟儿
扑棱着翅膀，打在心上

好像还有一场雨下了八年还在下
润湿着一季接一季的怀念
若怀念是罪，我该早已无法饶恕
只是不知道另一个世界是否朗朗晴空

再远的雨滴密密麻麻，我分不清
那些脸庞，也记不清自己去过哪些地方
见过哪些人，哪些荒山藏着野人或神灵
哪些深渊栖着魔鬼或蛟龙

我知道，这些雨不只淋着我

也在淋着你，我们命运的伞都已疲倦
而此刻更多的雨正从远方赶来
我们也正在赶往远方的路上

# 一花一世界

我必须先于栈道抵达湖水中央
也就先于热衷于拍照的众人
抵达一朵荷花、一枚莲叶的中央
除了鱼儿和夕阳偶尔在游动
我不允许任何声响发出
只有这样，我才能分辨无数的荷花
无数的不同的世界

第一朵是红色的襁褓，熟睡的婴孩
悄然不知生命的无奈
第二朵是白色的嫁衣，十八岁的新娘
明白了日后要经历分娩的疼痛
和乳汁耗尽后，一个村庄缺血的生长
第三朵是一根我看不清的拐杖
年少无知和中年迷途压在上面
蹒跚的老年在水面摇晃

还有一朵，还有无数朵
里面隐藏着雨天的不安、深夜的无眠
还隐藏着一个东河西营脱落的乳牙
和一位母亲缺钙的指甲

对于不愿离去的我而言

里面隐藏着的几十年时光

正从未来的不同方向朝我奔来

# 春 天

叶子不会醉酒，腐烂开始于
上一个季节的枯败。只有春风是多情的
唤来一场贵如油的雨水
却依然无法做一场美梦，梦醒时
海棠花已开，十年前的自己站在窗外
我早就该知道，没有一寸土地可以
盛放记忆中的时光，如今的东河西营
也不再是我在几百里之外的想象
而我拼命返回的日子，成为世人不值一提的
笑话：果园在经历麦田、棉地的变迁后
成为今天密植林的样子
对于那些速生的草木，我始终认为
它们被运到城市后，长不出春天
长不出河流，也就长不出鸟语、花香
和一个孩子惊讶不已的梦

# 而如今——


本该是甜的，那地方
水草丰美，枝叶繁茂
一滴水可以拴住一个帝国的马群


本该是净的，那日
落英缤纷，秋天薄如蝉翼
一开口便说出了我埋藏一生的秘密


本该是善的，那人
满腹经纶，长袖儒风
一个眼神荡涤我半世污浊半世荒唐


而如今——我站在城市中央
偶尔远离手机，看一个人穿过
另一个人的世界，互相沉默


其实，过去的这些年里
我对一只狗的偏爱超过对任何一个人
他们还是朝我走来，满嘴胡话


每一个字都是人生——

动词为死，名词为生
活着，无非是颠倒了生死

无非是大街上更多的波涛汹涌
无非是深夜里更多的大手一挥
无非是春雨一落，桃花便漫山开放

干涩的眼睛，若缺水的蜜橘
别说蜜，水都没有一滴
我的心就无法像从前一样

想起你时，就澎湃成一片汪洋
遇见你时，就绽放成一个春天
哦，世界，在你的城市中央

我站立不稳，灰头土脸地活着
厌恶每一个干瘪又膨胀的身影
却没有一只狗朝我走来

它们都被紧攥于手中
正同化于人——
我的悲伤随落日一样越来越大

# 另一种爱情

退休教师话痨，多动症患者
摘下老花镜，学邻座学生摇一摇
无法触摸的屏幕是无法挽回的往昔
附近有人，但没有一个跟他打招呼

——我多希望，他浑身颤抖的老年
可以摇掉秋天失去老伴的痛苦
摇来另一种形式的爱情

带孙子回乡的奶奶，白内障患者
在小崽的嫌弃中讲着年轻时的故事
一眼望不到头的冬天阴郁寒冷
路开始变短，每一天却越来越长

——我多希望，她的孤独
也在这一刻睡去，躺在怀里的
是上天送来的另一个小伙子

# 在济水之南

在济水之南，我是唯一的中轴线
分割东河西营与远方，命运的
双唇印在泉城广场上，华不注
是我酒后扔到黄河边哭泣的石头
我经常宿醉，思想将脑袋束缚
酒精在寻找战场，我在寻找
一个颈项继续存在的理由
是谁在三年前告诉我千佛可成愿
长寿泉里的水可使人成仙
我还在习惯性地躲入制锦市深处
幻想自己是一条终会潜入五龙潭的大虫
护城河里的水似乎要跳出两岸
大明湖被我端在碗中，摇晃成我心中的
西湖，鲤鱼是荷花的伤口
飞鸟是垂柳的伤口
我是我的伤口，人群中欲盖弥彰

# 新旧转换

大桥镇，电动车以旧换新的招牌
仍旧招揽顾客。我的车被诗行涂抹得
无法辨认，却没有一个词连接两句诗
此刻，南方吹起黄河北的尘土
静电在手掌摩擦，我不敢停留
我必须拽一根偏旁匆匆而过
一场大火就此缩进一枚沙粒
我揉搓双眼，看到大地开始燃烧
春雨在济北不是因为珍贵才如油
我站在雨中，天地开始发生联系
护城河的水开始有勇气松开明府城的手
鹊华通过一个新生儿的眼睛记起彼此
我体内的河流一次次向北涌动，当以旧换新
被新旧转换替代，我必须攥紧
即将跳出梦境的词语，在迎接自我转换时
新的我可以拥抱旧的我，而后离开

# 突然觉得不胜酒力了
——和老四同题诗


一条路走到天黑。天亮后
一杯清酒变成两摊浊水
突然觉得不胜酒力了，再也不能
一仰脖就把说不出口的愤懑和疲惫
吞进肚子，所有不快都能撒入护城河
在大明湖畔写着稼轩未题完的词

我在你的小说中，一次次读出你的影子
他们跟你一样，以孤独为看
一滴就会喝醉，真的是不胜酒力了
那么多伤悲，不知醉过多少个夜晚
才能迎来日出，错过多少个黎明
才能有一次云淡风轻的黄昏

不胜酒力了，这多么令人悲伤
如同无法勃起的早晨，我们从小说中
随便拽一个人物走进工作与生活
叫他们替自己去爱，去感知冷暖
谁又能说得清哪一个是老四或二冬呢

与这个世界保持二两白酒的距离吧

不要太清醒，也不要太糊涂

# 过吴家庙

自南向北，吹过东河西营的风
也一定会吹向吴家庙
河流分割麦田时，也顺便
把吴家分成东西

赶往过去的路上，我习惯步行
步行时，我习惯选择最窄的一条
经过吴家庙，经过童年的野火
看林人的眼睛和母亲喊我的回声

这些年，道路和人心一样
河流和食物一样，天空和我看往
远方的眼神一样，只有那条小路
还在讲述着曲折，还飘落着雪花
还保存着失恋女人的高跟鞋
宿醉的瓶盖、命运的扳手和油渍

直到那次夜行，我渴望灯火
在村庄亮起时，才发现这些年
吴家的庙仅活在名字中
我所寻求庇佑的庙宇从未曾有

于是，嫁到东河西营的吴姓媳妇
生下愚痴的孩子，药死的光棍老汉
一次次向世人挥动鞭子……
就有了存在的理由

我再次经过时的无所适从
我对即将到来的无限恐惧
就找到了根源——
内心秩序的崩塌再微小
也胜过一场毁灭村庄的大火

# 穿过心内的洪荒

## ——兼致老四、木鱼

哨声飞过河流，开山在一纸凝望中
铺展成秋天，雨水低下头来
帮我一根根整理心内的荒草

属马的那棵，也顺便帮他梳理一下鬓须
不要让尘埃盖过他奔跑的姿势
自称老四的那棵，我想陪他说说话
在历下，我们光喝酒了，护城的将士
已被我们喝瘫。还有，人形的那棵要施肥
长大了，要陪我一起磕头、赎罪

剩下的，就让秋风多陪一会儿吧
若风吹来爱情，那风就是爱情
若风吹来死亡，那风就是死亡
若风吹来天堂，那必是路过东河西营时
隐瞒了二逛荡死在他乡的消息
必是用苏家湾的土熄灭磷火
陪老人聊天时忽略了我的名字

没有人能记住我们的名字

如同没有人保留荒草的足迹
是野火在秋天燃烧时，把我们照亮
顺便把我们拖进夜的深处

# 大河向东

第一捧麦穗的黄是贫瘠的土地
几百个东河西营刨不出一张笑脸
第二捧麦穗的黄是父母的肌肤
他们的足迹是整个世界的版图
第三捧麦穗的黄是大河流过村庄的
声响，澎湃着几个世纪的梦

我就诞生在岸边，青草是
温床，河流是全部的故事和传说
我看到麦浪追逐着东流的河水
黄河，这个在巴颜喀拉山、兰州、壶口……
不可一世的王，在这里变成一个
善于嬉闹的翩翩少年：
把麦芒举过头顶，给玉米扎上领带
把果实捧成珍珠，陪棉花飘成云朵

而我呢，在麦地长大又走远的我呢
依然生活在黄河岸边
历下的风一次次把我的魂魄
吹到泺口的浮桥上
我的人生随着黄河的波涛起伏

那融入我命中的色彩啊，也嵌入我的骨头
生的时候带着，走的时候
就还给她三分，剩下的七分留给儿孙

# 音乐喷泉

音乐响起，众人簇拥成莲花的另一瓣
像把春天使劲撑开的嫩芽
天空有多大，就要开多大

唯有她朝外边退着，包裹着自己
看着喷泉朝天空飞去，落下时
她会紧张，当一滴水摔成无数滴水
她会欢呼着跳起。城市开始温暖起来

她朝人群走去，成为花瓣的一部分
喷泉砸在她的脸上，多么熟悉的晶莹剔透
仿佛女儿出生时啼哭的一滴泪水
仿佛麦田中清晨的露珠
仿佛丈夫第一次看自己的眼神

她放下背包里的前半生，随着音乐起舞
她花白的头发在阳光下格外耀眼
佝偻的身躯逐渐挺直，从远方看去
她是喷泉中最美的一束，更像是
一只天鹅，要飞入天空最蓝的切口

# 鸟儿被灯亮瞎了眼

黄昏被稼轩藏进上阕，佳酿被易安倒入鸥鹭
不曾见过的夏雨荷还在揽客的喇叭中缠绵
明湖学会作秀，无数人造光把月亮照得惨淡
灯盏藏进铜制鸟巢，鸟儿被亮瞎了眼
准备明天逃离刚刚诞生幼儿的家
游人代替群鸟，叽叽喳喳
喧闹声成为今夜发电的新动能
被放生的鱼在泉水中却跟我拥有同样的尴尬
只有麻雀还在叫嚷着，心声如故
把东河西营唱成我们共同的祖国

# 赞美诗

停止接吻吧，太阳
已在我们的舌尖陷落成黑斑
停止呐喊吧，西风早已
缩紧喉咙，落叶在接受最后的惩罚

身着皮裤的上班姑娘，裹着屁股
也裹着脑袋。一口写满怒词的痰
被缚于双层口罩中
在进单位大门前，狠狠塞回肚子

畸形儿在人民广场学习轮滑
他认真的样子像极了热恋中的三哥
一个练习飞翔，渴望摘得星辰
一个卑微去爱，渴望焐热另一张脸庞
——他们都是广场上的人民
我们更像雾霾中变形的不明物体

命运的颗粒居无定所
体内的杂草多数不会开花
可每当落日的余晖穿过云层
洒在新生儿的脸上

去南方过冬的群鸟在窗外跟我告别
我总会心生希望，去捡拾散落在草丛的灯火
去重整渴望已久的蓝天和山河

# 八一立交桥遇雨

这么说吧，我们与自由
仅隔着一道纱窗。一只鸟
始终在键盘下的玻璃中飞翔
我们不曾抬头，更不可能
看看蓝天和不远的青山

一滴雨足以将我们带离绝望
但尘与土该如何区分
泪水和雨水该如何分辨
八一立交桥下避雨的肩膀上
有没有流浪歌手哭泣的音符

我们应该在晚风中怀疑人生
没有一成不变的定义，所谓意义
不过人类强加给万物最没价值的东西
风和时间会带走一切
所有定义者愈加卑微和可怜

青山不老，永恒只会越活越年轻
我们终将老去，偶尔出现在怀念者的
梦中，或从这些文字中回来
看到雨水中有不曾熄灭的灯火

# 湖 居

## 1

我沉默，渴望遥远的湖水
打在我的身上，像亲吻一块石头
用尽一场台风的力气，却在靠近时
轻轻拥抱，如同最初的恋人
用十万公顷的爱与我对视
我的泪水被一只候鸟衔进你的泪水
我的一生都将漂泊在你的不安中

## 2

哦，南方的湖，暖风将石头吹得翠绿
垂钓者把浮生当作诱饵
游鱼还沉醉于东坡肉的香味
它们跟我一样，以为
飞翔永远都有完美的弧线
过于惬意的时光有毒。只有虚度时
我才会想起华北，想起家乡
想起此时此刻，必须狂饮余生

当我这样想时，湖水就夺眶而出
落日迅速下坠，再走一步就成为我
或成为我倒映在你心中的眼眸


3


我必须要紧紧抱住自己的影子
像一根草抱住在湖面滑翔的鸟儿
我们都是被丢在人间的孩子
还要一次次任性着把自己抛弃
不断辜负芦苇的枯黄和雪花入水的决绝
没有一条鱼不承想生出翅膀
没有一只鸟不承想停止飞翔
我们只是孤独的一个方面
抱住另一个自己才是悲伤的全部


4


从竹林寺到芦苇荡
我们一次次跌入命运的湖泊
没有神可以将众生摆渡到彼岸
我们必须挣扎，并在
波浪中学会与水为伍
在湖中央，只有真心可以与真情对话
花有花的语言，树有树的表达

若此刻喧哗，那终生不得安宁


## 5


哪里是湖水，这分明就是天空
降落其实是飞腾，凋零是最美的绽放
每一只落叶都是一片蝴蝶
我不靠近，水滴逐渐聚拢
越幽深，你的身影就越清晰
叶子便拥抱成一条船，把我们渡向春天
我沉默的余生终将欠你一朵花
她盛放在我的心中或被风吹散成星星
一下子挤走我内心偏向大海的蓝

# 今夜是人间最热闹的一个夜晚

### 1

今天的晚餐要多摆一双筷子
筷子下，尽量盛一碗不要太清冽的井水
若碗口的裂纹在水的颤抖中变大
请退回灯盏，给风留一点哭泣的时间

凉意渐浓，今夜的月亮将跌入水中
没有灯笼引路，唯有祈求返乡的客人保佑
多么可怜的人啊，我们都将在某一个时辰
消失于光亮，而后在黑夜看一眼活着的人

### 2

朝东北点一炷香吧，但不要磕头
即将出门的鬼魂太多，每一双膝盖
只能占据一个位置，人世的变化太大
赶路的亲人需要你的一把纸钱引路
避开车流、高楼和别人家的门牌号

哭泣时一定要小声，不要使他们知道
我们没有比他们离开前更好
听他们说几句鬼话吧，那会比人话
实在得多，听他们嘲笑做鬼的日子时
不要羞愧，毕竟多数人活得不如他们


### 3


人间处处是坑，不知道
另一个世界是否也是这样
小时候容易掉入鬼贩子的坑
上学后容易掉入野鬼大学的坑
毕业后容易掉入传销鬼的坑
就连结婚也容易掉入婚介鬼的坑


但他们不会再死一次，成为死鬼
（那真是一个讨人厌的角色）
也就不用担心没有坑把自己埋掉
人多惨，从一生的无数坑中爬出后
还要担心会不会有最后一个坑收留自己


### 4


今夜，是人间最热闹的一个夜晚
是人和鬼可以对话的夜晚

是人和鬼唯一平等的夜晚
过于盛大的灰烬将飘远成为星星
最暗的一束光中，有注视着我们的眼睛
过了今夜，我们将重归渺小
继续思念，继续在颈椎的疼痛中
意识到头颅，意识头颅中活着一只
不愿走进人世的野鬼

## 第三辑

# 京东偏北（2018—2020）

# 在亦庄

亦庄不是庄，大道宽广
却不如东河西营的小路畅通
总有一些高楼冷不丁从荒野里钻出来
麦芒在枯萎前，把天空扎出窟窿
我不流泪，再多雨水也不会叫死去的人
重新发芽，我把儿子抱在怀中
亲吻又把他弄哭，哄他也哄我自己
我努力装成活得有出息
我的悲哀，是鸟儿回不到巢里
鱼儿游不到大海的悲哀
哦，孩子，在你面前，我满怀愧疚
经过你的睡梦仰望星空
我看到繁星如火，里面有无数双眼睛
我有罪，我抬不起头来

# B12D 区

请记住我的位置：京东大厦
B12D 区，旁边是休息室和饮水机
我时常疲惫，口渴，没有一扇窗
可以打开，我接不到风和雨水
胸闷时，就使劲敲打键盘
想象是马蹄声从草原传来
那也是我的忧伤，请记下来
无法回到地面撒野，也无法挣脱
这透明的囚笼，去飞翔
连写给天空的信也寻不到地址
没有一朵云在风中把遐想签收
当我绝望，我的重量就是这建筑
砸进大地的重量，哦，悲伤
原来你也可以用深度去衡量

# 我们总隔着一层肚皮

儿子，当你还在妈妈肚子里的时候
我就常来敲门，跟你打招呼
你在里面翻滚，练习未来如何与我对抗
也偶尔踹几下，一不留神
就踢走了我的青春年华

我觉得你是一团火，先灼伤妈妈
然后点燃我们的生命，直到烧成灰烬
在与你亲密相处的十几个月里
才发现，你其实是一汪水
从嘴巴或眼睛里流出，浸润在
我们生活的每一个角落

在厌倦了妈妈的肚皮后
你开始盯着我的肚皮发呆
像一只小兽，试图亲近或攻击
以至于我怀疑自己的肚子也可以孕育
我想象十月怀胎，想象赘着一座山
想象头发脱落，脸上长满斑
想象一把刀，把一切想象拦腰斩断

儿子，我和你总隔着一层肚皮
有时也可能是两层、三层或更多层
就像我跟我的父亲，我俩的对话
少到你都可以数得过来
我能听得到他肚子里的风
一遍遍吹过暮晚的麦田和深夜的叹息
我知道他肚子里的愤怒，他的斗争
他没有对我讲述的一个男人的无奈

有时我也会装作不经意
瞅一眼我母亲的肚皮，我多想
在她怀里哭喊着睡去，我多想
重新回到她的身体
像你一样，一边敲打着妈妈的肚皮
一边问我，你来自哪里

# 忆祖父

人世的灯火瞬间熄灭，风和眼睛
都熄灭。我张大嘴巴，喊不出
一个称呼，也喊不清另一半村庄的名字
如果我告诉你，在我的梦中
你也总是张大嘴巴，蜷缩在火炕一角
发不出任何声响。你会不会后悔
不该对我一味地保持微笑
你失语的嘴巴里，辽阔且拥塞
我看到灶火在其中燃烧
肺部的空气和胃里的河流都在燃烧
哦，祖父，这些场景一次次
从梦里烧到梦外，我痛恨自己
没能握住你的手，把你眼中的火
熄灭在我的荒原，我的爱恨
我的期待，如今都已成灰烬
我想，这一切都不可能重来了
我只有把命运的灯盏逐一点燃
在我们相似的路途中，用我的眼睛
看看你逝去的一生，和不曾认识的人

# 播种者

在新街口街道，快递员老马
被誉为行业的良心，四年间
十几万次收派，没有一个差评
锦旗像极了他插在田间的稻草人

坏情绪与懈怠是啄食热情的麻雀
他时常挥动旗子驱赶阴霾为自己鼓劲
这是他种了几十年庄稼的经验
他把每一个快件都当作一株幼苗
小心呵护，移植在每一个收件人手中

不同小区的居民性格和习惯也不同
他就当作播种不同的庄稼，比如
德胜门小区种的是麦子，憨厚耿直
平安大街和赵登禹路分别是高粱和大豆
有谦谦君子，也有嘎嘣脆或小心眼

路过鲁迅博物馆时，他总会盘算
如果自己当管家，要如何划分百草园
偶尔也有广济寺的包裹
他每次临走前都会上几炷香

为每一个奔命于世间的平凡人
为城市的快件和村里的庄稼祈福

# 二手乡愁

天色将晚，母亲将月亮搬上灶台
没有抒情，只有水不停地沸腾
秋风吹过火焰，木头粉身碎骨
噼啪声中，有花朵对果实的惦念
钻出黑暗的炊烟中，有母亲对我的惦念
一把火烧出两种温暖，一缕烟飘成两种遥远
——那是我们共同的二手乡愁
我轻举杯盏，借酒消愁的人不只有我
还有李白。照过李白的月光
也照着我，我的乡愁中也有李白的乡愁
唐朝的酿酒人消失不见，二手的吟唱
二手的唐诗宋词，都在二手的啜泣中
变得浑浊。当我原路返回
二手的尘土中，只有站在故乡的我
是唯一的，母亲的眼睛里有恒久的爱怜

## 刺猬歌

地铁上，我在众人触屏的指尖下
浑身颤抖。把头扎进背包
像一只刺猬，把肉身缩进刺里
多么幸运，上帝允许它把刺生在体外
我的刺长在心里，还要背负疼痛
行走于人世；它还可以把夜
戳出窟窿，洒下点点星光
偷食东河西营的秋天
我却要游走于寒冬，用尽一生
学习一条鱼，把刺进化成骨头

# 我的大雪

没有雪的北京，像一个巨大的窟窿
风分别来自地下和天上
在人间形成寒流，冷冷地吹着
烤红薯的大叔，睫毛上落满冰霜
仿佛遥远的枝丫为春天储备雨水
清洁工老王的手指冻得发紫
是每一个早晨最先燃烧的火焰
开出租的小山东喜欢汪峰
还未醒来的歌声像极了村庄的鸡鸣
——在没有雪的北京，他们是
最温暖的存在，像一片片雪花
飘落在每一天的不同时辰
其实，我的生命中一直有一场大雪
不停飘着，飞着，旋转着
我的大雪是一个来自东河西营的女孩
随火车消失于冬天的黄昏
回家过年的小皮包说在北京见过她
她的身体在月光下白如雪
被无数双手摸着摸着就化了
如今的我在北京街头一遍遍寻觅
永难再遇的大雪在我看不到的地方飞舞

只有风，只有被风开过刃的阳光
照着我也照着没有大雪的人间

# 何不跃龙门

水龙头里跳不出鲤鱼
但可以跳出水滴，你越是使劲阻止
它们越是跳得欢腾

无数水滴吵闹着成群往前跑
裹挟着，无法成为风或是彩虹
我把闸门开到最大
把脑子里的水赶进这队伍

但当我低头，看到一滴水
使劲挣脱即将成绳的速度
拒绝被一双手捧起，拒绝爬过
一张没有表情的脸，拒绝
成为满嘴胡言的漱口水

进入下水道的水滴在秋天结束前
走不到东河西营，也就无法
摆上祭祀或庆祝的餐桌

鲤鱼不会在池塘里跳跃
洗手池也无法理解一双手的价值

我看到一滴水在拼成一把弓箭时
抓住了异乡人的镜片

他不擦拭，只是奔跑着任泪水肆意
被阳光融化前，我仿佛看到了大海
和大海尽头无数为他欢呼的水滴

# 步行于此

排干渠西路，遛狗的人被狗撵得
像一个孙子，遛孙子的人
被拖拽着一步步走向泥土
我步行于此，不断寻找街灯
才可以遛自己的影子
有几盏灯，就有几个影子
他们不是我的宠物，也不是我的儿孙
其实我们素不相识
当我想在灯下把他看清
我就是这条街上唯一的黑斑

# 卢沟桥上

——兼致陈亮


一盏月亮从东北乡照到宛平城
把青年照成中年，把浓烈的高粱酒
照成永定河不安的水。芦苇疯长
蒲棒像一枚枚子弹，天空啊
那是我们不曾停止进攻的战场
活着，就是一场战争、一顿大酒
或一次次类似决绝的别离
我们都离开了故乡，我们都在
寻找另一个故乡。胶州的十亩桃林
将在你远行的春天绽放
十万朵桃花将温暖你的梦
醒来时，最大的一朵如满月
那凋零的九千九百九十八朵啊
分别带走了人生中不期而遇的厄运
只有在孤独起义时，会隐约记起
有那么一场梦，无数花儿逐一枯萎
我希望，我们都能在归来时
至少接住最后一枚将要离开枝叶的果子
那是我们另一种方式的存在
我希望，东河西营的风也可以吹到

你的北平原，若河流微涨，树叶晃动
一定是我在我的故乡致敬你的故乡

# 青州市别老四

太阳躲进古九州深处，老天
即将倒满第四杯——这是我
保持清醒的最后一口
再多一滴，我塞满内心的虚妄
就会把这摆满琐碎或荒芜的世界打翻
趁我们还不用握手或拥抱
分别吧——剩下的一百五十公里
你要握紧方向盘，走丢的人太多
空出的副驾驶也要系好安全带
蒲松龄故居是你一个人的服务区
我允许你在跟老友聊天时
进入聊斋，再醉一回
我知道，你那时的沉默
正是整个宇宙的起源
我将错过你越来越多的故事
列车驶过济南时，我们不会再相遇
我将继续向前，并在一阵嘶鸣中
钻进北京的地下。你说你憎恶地铁
人像蚯蚓一样钻来钻去
手机屏幕的光无法给人指明方向
我也不会爱上这座城市

但现在，我必须像一只蚯蚓

学会自己爱自己，自己恨自己

你也要在我暂时缺位的旅途中

继续与自己抗争

继续在鹊华秋色图中

守护我们共同爱着的女人

# 辣椒炒肉

仲夏，为独居的人做一道菜
要像舞剑，招招直逼孤独的性命
比如辣椒炒肉，要用五种辣椒爆炒
新摘的碧绿鲜嫩，青春般诱惑
三天前的，已变成红色的血
燃烧后的激情成为时间的褶皱
初冬晒干的小辣椒还是俊俏的样子
在入口的瞬间仍保持热烈
杭椒被斩身后，依然傲视天空
若一只鹰的翅膀，随时准备起飞
这些北方的兄弟在砧板上各自为伍
作为利刃本身，早已把自己伤得不轻
直到黄灯笼跳进油锅，带来大海和荒漠
一起翻炒，它们才获得片刻解脱
如果非要加入一块肉，我想说
那是作为凡夫俗子对生活唯一的妥协

# 如果大海还未平息

如果大海还未平息，泪水
就不要夺出眼眶，这些该死的深蓝
诱惑了我的一生，我的日头
已被提上刑场，它们还在竞逐风帆

——那不是为我送行的队伍
唢呐也不要先于麻雀的翅膀响起
我太爱这些小东西啦，连接天地的音符
总在我沉默的时候一惊一乍
又在我不安的时候端坐如佛

还是笑好了，不要破坏了异乡人的心情
他们还有很远的夜路要走
死去的人不一定都会变成星光
也不要吵醒村庄的庄稼，仅一个哈欠
死神就能从风中把它们拽出来

一阵风把另一阵风吞噬
一场雨把另一场雨溺死
尚未平息的大海啊，你不用骄傲得不可一世
当我的妻子在火炉前翻看相片

仍羞涩得如同少女，我的儿孙把我埋葬时
我就是我的种子，他们是我的果实

## 雪花拼图

爬爬垫上，雪花在儿子手中
立起来，向上生长着
仿佛要回到天空。五颜六色的
雪花，每一片都是八个叶瓣
八种喜悦和憧憬编织在一起
构成一个孩子对世界最初的认知
在与他相处的半小时之前
我所认识的雪花只有一种颜色
悲伤的暗白色，落满流浪者的肩头
陷入并加深赶路人的泥泞
或是拉帮结派，压垮一幢老房子
一个失恋又失业的年轻人
一座经历了几千年风雨的山
我不曾知道，雪花还是绚丽的
是可以从泥土中飞扬起春天的
可以盖出一方家园，一排排房子
一个刚会喊爸爸的孩子
坐在屋顶上，暖化了一整个冬季的雪

# 天亮前，树叶是黑色的

如果青草的耳朵长在根部
一定能从河流的涌动中
听到有人喊疼
那些熄灭的尖刀、炮火
常在雨天发炎，灰烬如盐水
洒在青春和家国的肿胀处
如果白云的眼睛足够明亮
一定会细数早逝的生命
可又怎么能数得清呢
那些连姓氏都扛起来去打仗的人
早已变成了无名的星星
照耀着井冈山的郁郁葱葱
如果你也一人穿过井冈山的夜晚
你就会发现——
天亮前，树叶是黑色的
你就会更加珍惜，这阳光下的
沉默、绿意和生生不息

# 蓝色入海

分界洲岛，菩萨跟我们
一起眺望远方
近处是蓝色，与蛇的忧郁相同
先是恐惧而后是无法自拔的向往
远处偏黑，海天相接处
无非是一道缝，总在诱惑我们
跑过去会是另一个世界

我们在时间的海浪中往回走
脱下鞋子，沙滩的亲吻
是阳光下热烈的爱恋
裤腿挽起多少，海平面就增长多少
万马奔腾的呼啸哟，你是要
把我们拍回到童年吗

我们静下来，蓝色就爬上脸庞
风带着大陆的光晕吹过来
我们渐渐懂得一块石头
如何说服自己在大海中安身
我们的浅吟低唱
从此也成为大海回声的一部分

# 我不知道风的方向


一个快递员猝死在春日的黄昏
他从车座上跌落时，吹过远方的风
刚好经过他的脚下，吹拂他走过
或再也无法抵达的路，吹到东河西营时
应该是秋天的清晨，母亲的额头挂满冷霜
一遍遍询问另一个快递员，她描述着
儿子视频中的样子，说不清时
眼泪就掉下来，像一颗大地都不敢
签收的包裹，像一个游子在风中坠落

# 源头辞

竹林端着流水，把群山
氤氲得苍翠。源头村深藏功与名
唯有杜鹃小声鸣啼
或在某个清晨绽放如火

在井冈山，有些声音越来越小
应和着抽穗拔节的中国
有些树越长越矮，在母亲体内
把九百六十多万平方公里的土地
紧紧拥抱在一起

我溯源而上，群山从未将我阻隔
那是我与历史沟通的方式
未来从此出发，挑梁小道上
奔走着我终将丰收的祖国

# 打包月光

漂泊十年后，他突然失眠
突然思念故乡的月光
洒在枣花上，风一吹
飘进小孩子不成句的梦呓中
一跳一跳成为还未编织好的省略号

关于未来，他逐渐失去想象
不知道遮天蔽日的高楼要把自己架往何方
距离天空愈近，他愈失落
愈加思念从东河西营升起的月亮
像一只小花猫思念池塘里的鱼
一只麻雀思念散落土墙角的秕谷

他想到快递——这无处不在的
新情景，连接人和万物的新方式
他给老家的快递小哥打电话
希望快递故乡的月光
快递小哥爬上村中最高的屋顶
盛满今夜最温暖的光亮

当快递员准备封装纸箱

就只剩下空空的黑色
如果打开，月光又跑进去
像摊开的双手，却无法拥入怀抱
一声鸡鸣把月亮喊走后
快递小哥在露水中哭起来

这是他唯一没能完成的一次打包
他甚至不知道如何去测量
如何去称重，如何去估算价值
面单上名为远方的地址是否能送达

他们都不知道的是，作为故乡的寄件地
永远只有一个，始终敞着大门
像那个盛满月光的空纸箱
等待远行的人亲自把它关上

# 时间之树

北京的雨夜，儿子在浅睡的梦中
哼哼唧唧，像一只小老鼠
在啃食时间之树，此刻的他
正抓着我的根茎、枝干使劲攀爬
当他从树冠起飞，我就开始落叶
一直落，在春雨中落也在冬雪中落
直到他长成参天大树，直到
另一只小老鼠爬上他的肩头
我就逐渐沉积在他的根部
头脑清醒却睁不开眼睛
想起儿子刚满周岁的那个雨夜
电闪雷鸣，他躲在我的怀里
我也汲取他给我的力量
这辈子一直如此
是他教给我如何做一个父亲

# 方形月亮

月亮挂在树梢
像一只老瓷碗扔在北京街头
我和儿子抓紧彼此的手，从此路过
他转身，朝着枝丫间掩映的月亮
大声喊着——树！树
在刚学说话的几个月里
他把一切居高或向上生长的事物
都称为树，比如飞机、星斗、太阳
比如楼房、花草和小学生的书包
有一次，他还管我叫树
我满怀愧疚，我不忍心告诉他真相
其实，我也曾把月亮当成玉盘
镰刀，当成一棵棵不同姓名的大树
那些树上曾落过父亲手掌大的蝴蝶
翅膀长过母亲臂膀的鸟儿
树下曾有半人高的刺猬和大过指头的蛐蛐
后来，它们飞出了我的世界
成为记忆的疤
如今的月亮是方形的，越升越低
无论我朝哪个方向走去，都是墙壁

# 打 鼾

妻子说，你的呼噜声
把天都架起来了——
说这话的时候，正当寒潮
北风吼着，像一张巨口
仿佛要把天地吞进肚子里
儿子吓得躲在妈妈怀中
我使劲抱着他们
也使劲把梦中的愤怒
醒来的绝望扔进这风中

# 绝 句

只有保持悲伤，才能使自己不悲伤
只有啜饮雨水，才能驱赶内心的乌云
每当我想起那些固执的爱或无缘由的恨
隐痛便碎屑般掉进命中的裂缝
我是走在月光下最轻的一片影子
在秋风吹过故乡的原野前
先于一朵花熄灭。遗憾的是
我曾越过一些荒山，蹚过一些河流
遗憾的是，我还未曾飞成一片落叶
未曾拭去墓碑上的雪并刻上自己的名字
那行我用尽一生去琢磨的句子啊
到头来，连仅剩的最后一个词都被删掉
却难抵对过往的悔恨

# 他在伤心的时候鼓起掌

儿子学会的第一个可以炫耀的动作
是鼓掌，两只小手刚碰到一起
就仿佛点了围观大人们的笑穴
不知是我们在逗玩他，还是他
作为唯一的焦点，主导了成人的世界
他高兴的时候鼓掌，着急的时候鼓掌
他饿的时候鼓掌，尿急的时候也鼓掌
有一次他想要邻居小朋友的玩具
就鼓起掌，对方越拒绝他越大拍双手
他哇哇大哭着鼓掌，他伤着心鼓掌
而当他学会示弱，学会撇嘴，学会在父母的
怀中撒娇，学会套路，学会用不同的方法
表达和获取，他的掌声就变得单薄
这些年，我一次次拒绝变成这样
以此可以成为他的榜样
我用平静的水面遮掩内心的湍急
用轻盈的词语叙述悲伤的故事
却始终无法掌握合适的力度
在两只手碰撞到一起时
还是那么用力，一次次把命运拍疼

# 为 敌

儿子大哭起来，蚊子一惊
在他手腕种下一片云彩
我开始与蚊虫和傍晚的天空为敌

一块石子硌疼他的脚
我便与整个山脉为敌
那个在电话中大声哄笑的男人
曾把他从梦中惊醒，我还要
与一栋楼、一个小区、一座城市为敌

我最该为敌的是我自己
我把他带来
却又无法讲清楚这个世界
我踉踉跄跄奔走
却要教给他如何飞翔

# 眺　望

初夏午后，我跟刚满一岁的
儿子练习行走，他用试图挣脱的力气
抓紧我的手，把我拽成爬行的样子
风把光从窗口吹进来，刚好落在
他的耳垂，他仿佛听得懂这语言
吱呀呀回应着。他跳进我的怀中
借助两个男人腰腹和臂膀的力量
小脑袋不断伸向窗外，我知道
在他的眼中，一定有我看不到的地方
如今，他需要我告诉他如何寻找
未来，我需要他告诉我看到了什么
而在这期间，我们于一次次的消解中
完成对彼此的眺望

# 故乡的月

快递小哥是他的新称呼，他还曾
被人喊过小泉、锅炉陈和搬运工七号
与机器和地下室搏斗的五年
没有任何胜利可言
留在城市的，除了两根断指
就是当初如战书般的火车票和一腔热血

是来自远方的包裹唤醒他新的向往
与山谷的风并肩奔跑点燃他的斗志
他抱着快件一次次敲开那些熟悉的院门
也敲开一些记忆中的盲区
老街巷是他的分拣线，店铺是格口
他一声招呼，快件就码得整整齐齐
张家媳妇的口红、李家儿子的课外书
老王的 5G 手机和新皮鞋……
妥投的速度一天快过一天

他时常有种感觉，自己就是一件包裹
寄件地址和收件地址是同一个
经过生活的包装、转运和分拣后
终被名为命运的快递员完成最后的配送

那棵老唐枣树就是站在村口的签收人
鸟儿的巢已经换了几千岔
有的飞走了，就再也没有回来
有的始终没有离开，衔着枯枝守望
只有故乡的月亮天天升起
照着这一个乡亲，也照着那一个游子
以此呼唤，又不偏不倚

# 游凉水河

在凉水河公园，我和儿子
从下游走向上游，像闸口处
两条逆行的鱼，跳跃着
他轻盈，他更易接近天空
他会飞起来，从我此刻牵着他的手中
飞起来，我希望
他能在逐梦的过程中变成一只苍鹰
在一次次俯瞰山河和回望故乡中
明白河流的真理——
不是所有河流都发源于高山
有的发源于母亲，我们都从中孕育
她们给予血液、乳汁和操劳一生的疼痛
不是所有河水都属凉性或冰寒
有的是热的、沸腾的、滚烫的
比如青春的河流、永远斗志昂扬的河流
不是所有河流都分布在大地上
有的倒挂在天上，当你仰望
你能从那些星斗中看到水滴晶莹剔透
那是先祖的眼睛，保佑着
东河西营和我们作为凡人的一生

# 他总不肯进入梦乡

洗完澡后，儿子总要在床上蹦跳
或把我当成一道坡，爬上爬下
我不敢摇晃，更不敢把他举起来
怕一伸手就摘下天上的星星

他总不肯进入梦乡
我也总不肯清醒着回到村庄
星星是他手中握不住的光
东河西营是我心中拔不出的刀

他朝我挥舞双手，表达困意
他终于要沉沉睡去
我轻轻握住他的小脚
以此走进他的梦乡
如同他攥紧我的手，随我
一起走进彼此的世界

# 土　地

看着你时，我就会想象自己
晚年的情形。哦，母亲
我希望在你走不动路的岁月
我可以用骨头给你当拐杖
终将逝去的一生都坦荡荡活着
你的儿孙也同样挺直脊背
当你老去，我就把你的骨头
埋进东河西营的土里
那是温暖的土地，你从那里
来到世上，又把我带来、养大
那是仁厚的土地，对于孝顺
我可能有无法宽恕的罪过
唯有土地和母亲可以原谅这一切
而在他面前，我们都是孩子
在人世哭泣而又被擦干泪水的孩子

# 石榴红了

东河西营的石榴红了，挂满湛蓝的
天空，与在此歇脚的快递小哥练习算数
最没出息的那一颗，塞在老母亲牙齿间
咧着嘴，露出酸甜的微笑
在秋日尽头，做着一件光荣的事情

村里人眼中多子多福的老母亲
也有自己的苦水——儿孙都有出息
却无一在身旁，分散于祖国三省
看到那些石榴籽像亲密无间的兄弟
簇拥在母亲怀里，往日的情景就频频闪现

她不后悔年轻时因坚持不改嫁
遭受村里人的白眼和娘家人的嘲讽
孩子的优秀是她唯一的安慰
只是这思念太过熬人，土里的那个
已走了几十年，她不想离他太远

红色的快递小哥再次路过石榴树时
老母亲刚好数到"一百"
他摘下石榴的瞬间，想到自己的母亲

和母亲的乳房，她从一颗石榴里
看到饱满的乳汁从一个女人怀孕时流淌
直到生命干涸，有时是乳汁，更多时候是
汗水、无声的泪水，甚至咽进肚子的血水

他把石榴装进纸箱，快递给即将湿冷的
南方、早已白雪皑皑的西藏和远嫁的海洋
免检的母爱更要包装结实、小心运送
若颠簸过重，老母亲会从梦中惊醒
因此要快些抵达，最好在明天天黑前

一个个快件就是一粒粒石榴籽
用血浓于水的亲情写下饱含四季的家书
温暖远隔千山万水的思念和孤独
我们就这样挂满异乡的天空
在秋风中咧嘴笑着，笑得
深如母亲的皱纹，笑得失去力气
当她拖着佝偻的腰身朝我们走来时
最重的那一粒从眼角滑落，跪倒在母亲面前

# 大雪之夜

### 1

今夜顶着风雪出走或归来的人
都在寻找一个答案

我怀抱火炉，煤炭滚落一地
我高举酒杯，半盏余辉被陌路身影吞噬

大雪之夜，不宜过于温暖
大雪之夜，应冷冷地看着人间

### 2

在济南，顺河高架是最大的房间
无须预订，四面辽阔
风和夜晚可以进来，雾霾和垃圾
可以进来，唯有雪花
将命殒于顺河的淤泥

其实雪花也可以逃进顺河高架

它们趴在流浪者的头发或肩上
像一滴遗落的光，短暂微笑后黯然消失

无数车轮把地上的雪碾成泥水
只有刚走到校门口的孩子挣脱妈妈的手
把一捧雪融化成一个春天
像一片雪曾经爱过一个无家可归的人

### 3

今夜大雪，人类的孤独大过思念与向往
记起的记不起的乡愁都会代替月亮升起
一杯酒终究输给一道气候的命题
没有故乡的人，选择在路边画一个圈
不想回家的人，选择朝草窝撒一泡尿
我静待风雪中，不知道自己
会落在哪一片雪花

### 4

我要告诉你一个消息，母亲
北京下雪了。纸团般揉在一起的城市
有了舒展的气象，老街巷是长长的粉笔
给天空的问候写着回信

国家图书馆我还没来得及去
川端康成落在书架上，像一块冰
长城在更远的地方，我却时常在梦中
听到骨头和砖头碰撞的声响

你知道吗母亲，北京的雪
跟东河西营的不一样，它们一落地
就被城市吞噬得一干二净
没有机会与孩童赤脚撒野

这不是我的北京，村里
那条大树参天的老路才是我的长安街
它会拥抱每一场雪，每一个人
都可以在上面打滚。你还记得吗母亲
有一次雪花将你的头发染白
仿佛年老的你从时间深处走来

这一切并不遥远，我们每一个人
都逃不出岁月，曾经向我们妥协的
都会一一反抗。母亲
我仍要抓住天地间每一片雪花
融化于掌心，把我体内的山河染得洁白
让你在山谷间盛开，如火如兰

## 5

每一场大雪，我的世界都会有人老去
那是我生命的一部分。我们
每天都在分离，直到在另一场雪中
被大火融化

我希望自己可以埋在东河西营
一场雪可以覆盖整个村庄
就像我诞生的那个冬天一样

## 6

你渴望一场雪，不用很大
只要薄薄的一层落在地上，遮盖
血管阻塞的麦茬和大小不一的脚印
不只是一场雪，你还想要一个寂静的
午后，一个人想想那段黑暗之途该怎么走
其实你更害怕的是一束光
你担心自己融化的速度慢于一生
没有一块干净的洼地盛放亲人的泪水
所以你要一遍遍地说服自己
那条路已有无数人走过，他们都不曾
回头，因此那是幸福的大道

你不断向自己妥协，条件少到只需
一场象征性的雪，你知道
就连东河西营那么小的地方
也有你不曾到过的角落，但没有
一寸不含有尘世骨灰的土

### 7

你若归来，一定不要选择大雪之夜
我怕一夜白头，等你又是一生

**图书在版编目（ＣＩＰ）数据**

东河西营 / 王二冬著. -- 武汉 ：长江文艺出版社，
2020.11
　　（第 36 届青春诗会诗丛）
　　ISBN 978-7-5702-1878-3

　　Ⅰ．①东… Ⅱ．①王… Ⅲ．①诗集－中国－当代
Ⅳ．①I227

　　中国版本图书馆 CIP 数据核字(2020)第 205387 号


特约编辑：李春龙

责任编辑：胡　璇　　　　　　　　责任校对：毛　娟

封面设计：璞　间　　　　　　　　责任印制：邱　莉　　王光兴

出版：　长江出版传媒　｜　长江文艺出版社

地址：武汉市雄楚大街 268 号　　　邮编：430070

发行：长江文艺出版社

http://www.cjlap.com

印刷：湖北新华印务有限公司


开本：850 毫米×1168 毫米　　　1/32　　印张：4.875　　　插页：4 页

版次：2020 年 11 月第 1 版　　　2020 年 11 月第 1 次印刷

行数：2798 行


定价：46.00 元